尋龍傳說

Princes & Dragon

小說原著／潘志遠
漫畫著作／游素蘭、喬英

尋龍傳說　人物介紹

長樂公主

16歲，冰雪聰明、美麗活潑、個性樂觀開朗，樂於助人，當她知道國難當頭、必須找到龍子解救蒼生的時候，長樂公主決定帶著愛犬小巴與汗血寶馬踏上尋找龍子的旅程，也開啟了一場精采的冒險之旅。

蒜泥

16歲，但是實際年紀不詳；一頭紅髮、有著小犄角的他，記不起他是從何處來到了人間？也記不起自己究竟是誰？在碰見唐真人、「異人馬戲團」與長樂公主之後，他的人生開始就此不同。

皇帝

40歲，大唐皇帝，差點被奸臣卜吉陷害。

皇后

36歲，大唐皇后，最後與奶媽一起率兵前往西域救駕。

史派德

35歲，西域蠻族首領，也是一個邪惡法師，最大的願望就是消滅大唐，而被他魔法所控制的西方惡龍-「薩利曼」是他征服各地的祕密武器。

卜吉
55歲，皇帝的親信，但私下勾結史派德、想要消滅大唐、取而代之。

金光
24歲，卜吉的手下、武功高強、為人心術不正。

異人馬戲團

帕帝 30歲，「異人馬戲團」團長，擅於水晶球通靈，胖得像一個球是她的特徵，為人心地善良。

斯莫 22歲，「異人馬戲團」團員，身材能夠變大變小，與另一個團員羅伯是好朋友。

納辛 20歲，「異人馬戲團」團員，個性害羞的透明人，說話喜歡用「喔喔……」作為前導詞。

烏雲蔽日，西域蠻族的神祕火龍擊潰邊防守軍，
大唐危在旦夕！

美麗、活潑、聰明的長樂公主
從欽天監口中得知祕密，
決定隻身尋找傳說中流落人間的「龍子」，
解救大唐危機。

殺啊!!
殺!
殺啊!!
喝!!
隆隆隆!!
隆隆隆!!
那是什麼!?

李將軍!!
不好了！

哇哈哈哈哈
哇!!

緊急軍報！
噠
噠
噠
噠
噠
噠
報！！

蠻族聯軍憑藉一頭能飛天噴火的怪物，
已攻陷西域多處…
李大將軍也……
大將軍殉國於沙場之後，軍心浮動……
弟兄們死傷無數！

李大將軍？
卜吉，這史派德有何要求？
夠了，別再長蠻夷威風、滅我朝志氣！
小人不敢。
史派德要我朝放棄一半江山，令皇上向其稱臣進貢，
並要求長樂公主和番結親。
啪！
這史派德竟如此下流無恥、不知死活！

卜吉，傳詔下去，
全國16歲以上男子即日訓練備戰，
將長安城內所有西域人驅逐！
接旨。

聽說外面的世界遼闊而美麗，
我卻被困在這裡……
我想成爲一個散發著光與熱的人……
我希望自己能讓這世界變得更美好……
我想——

但是，這可能嗎？
夢想畢竟是夢想！
汪汪汪！
公主…怎麼了嗎？
奶媽…
我不願意成天讀古書、學刺繡、彈古琴…
只為了成為某人的…妻子？
我的夢想與父皇期待有所不同啊！

月亮好圓啊。
若皇帝是太陽，皇后就是月亮，天要有日月才會圓滿，
有一天妳也會成為某個人背後最重要的支柱，
這才是公主最好的歸宿。
而且皇上這麼疼妳，妳一定會嫁給一個帥哥！
可是這不是我想要的人生……
怎麼不是他在背後支持我？我也想成爲太陽啊——

腳步聲！
噓……有人來了。
沙！
皇后，長樂公主最近還好嗎？
皇上，長樂還是不喜歡念書，
越是活潑好動，就是個還沒長大的淘氣公主。
是嗎？長樂還是這麼調皮。
呵呵呵！

皇上，聽說…
看來皇后也耳聞了？
和番結親？
朕不願輕啟戰端，但先祖的基業不能毀在朕手上，
更何況蠻族首領要求長樂和番結親，
朕絕對不答應…
可是皇上——

為了社稷人民、
為了長樂，朕必挺身而戰！
父皇……

大頭老師…
公主？這麼晚了？
就想找您說說話。
妳知道西域發生的事情嗎？
這只是大唐的一次磨難，定能逢凶化吉！
汪汪汪汪！
為什麼？
根據近期我夜觀星宿，
且古書曾提及，當西域蠢動、天有異相時，
龍族將自天庭下凡拯救蒼生。
我才不信你的鬼話咧！
龍？你看過？大頭老師就會騙人！

老師什麼時候騙過妳了？
我明天會奏請皇上，再次派人尋找玉珮的主人。
大頭老師最近研究的事真多！
什麼玉珮？
啊？誰的畫像？
哇啊公主啊！小巴在咬我，快點抱走牠啦！
汪汪汪！

這是——
這男孩是誰？
他呀？
是這樣的公主！六個月前……
轟隆!!
雷光之中，這少年出現在湖邊，

雷光之中，
這少年出現
在湖邊……

什麼人？
別動！
守兵不知道閃電中降臨的是何物就出手攻擊了，
放箭！
咻！
咻咻！
!?
飛沙走石後，少年就不見了，只留下玉珮，

依我觀察研究，這玉珮應屬天庭所有，
這少年可能就是下凡幫助大唐的龍族化身。
根據回報，地圖標記的就是他最後的蹤跡⋯
大頭老師，我幫你拿去給父皇吧！
!!
汪汪汪！
汪汪汪！
公主——

聯手西域僅有的藩屬國阿克勒？
是！臣認為：
皇上御駕親征，
定能鼓舞將士的士氣。
蠻族部落感念皇上昔日恩澤而陣前倒戈，
賊首史派德必將手到擒來。
皇上威名將與太祖、太宗並列，名垂青史。

不過…蠻族有怪物助力，
御駕親征之事還是要從長計議……
臣琢磨過，怪物多半是敗軍避責的謠言——
冒出！
喔！
父皇！就算真有怪物，
我有個提議可對付牠！
長樂？

太史告訴我龍族下凡的故事，
只要您派人找到他，必能迎刃而解！
長樂，朕早已祕密派人查過了，
那山上除了一個破道觀以及——
想靠煉長生藥成為國師的瘋癲老道士外，
地圖？
降臨者畫像？
……
什麼都沒有…
父皇…
太史雖然上知天文、下通地理，
此事他卻可能錯了！

對了！這玉佩確實是個好東西。
好好收著吧！
朕希望它能夠永遠保護妳…
妳該歇息了，朕還有要事。
你們送公主回寢宮吧。
是！
—道觀—
蒜泥蒜泥！快過來！！

師父…
什麼事啊？
我有一個大發明！
來 來
快來、快來！
蒜泥，秀給你看！
這個，那個——
再加點我的寶貝！

砰
砰
砰
天啊！哇塞！
師父！這是什麼玩意啊？
哼哼！崇拜我吧！
那師父！能夠幫我恢復記憶嗎？
此物無助於恢復記憶，亦非長生不老丹，
就只能算是個…娛樂？
蒜泥…你——
師父？
唉！

師父似乎有好多話尚不願告訴我？
包括——
我究竟是誰？
公主寢宮

色澤非常溫潤漂亮的玉佩！
咦？
爲何照了月光之後……
竟有龍影顯現！

公主，出發吧！
不僅是為了妳的夢想，
更是為了蒼生——
那聲音是幻覺嗎？
我可以將之當成幻覺！

我的夢想，
不就是為了蒼生而發光嗎？
神龍的指示，
我寧可將之當成使命！

阿汗，我們要離開了，小聲點，好嗎？
鏘

慢著！
奶媽？
小巴看不見妳，一定會抓狂，萬一鬧出動靜妳就走不了了。
去吧！小心些！
達達達！
公主……

吱
妳要好好照顧自己啊！
滿地被打暈的士兵
史派德大人接受您的聯手建議，
讓皇帝落入陷阱兵敗玉門關之外，卜大人就能順利接掌皇位，
屆時雙方結為兄弟、歃血為盟。
好！你回報史派德大人，就按計畫行事！
是！屬下告退。

金光，
在！
想辦法找到這個男孩！
海捕文書
是！
現在我不再是籠中的鳥兒，
我相信我一定能夠解決困境，

我早該出來見見大世界的！
增長見聞！
我要證明自己，
所有人都會對我刮目相看！
哇~這都是些什麼東西呢？
好新奇啊—

你肚子餓嗎？
我和小巴也還沒吃飯呢，
我們一起看這邊有什麼好吃的？
噹噹噹！
況況況！
讓開讓開讓開！

躲
這是——
當今西域蠻族作亂，奉皇上旨意，
即刻徵召每戶年滿16歲男丁一名，
前往西域抗敵！不得違抗！
嘩！
嘩！
什麼啊？
軍令發下去！立即徵召！
這是⋯⋯
徵兵嗎？可是⋯⋯
快點！快點！
閒雜人等滾遠點！

把這個小乞丐帶走！
是！
住手！！
這麼小的孩子去戰場有用嗎!?
他不去，你去！
把他抓起來！
喝！

發！
啊！
鏘！
哇！
鏘！
趕緊離開，不要被抓到了！
這些給你，
肚子餓時買些東西吃。

道觀

這一次絕對沒問題…
我要成功了~
再加一點這玩意…
砰砰
開門!開門!
唐真人聽令!
什麼令?
召集令

當今西域蠻族作亂，奉皇上旨意，
道士和尚均需還俗、前往西域抗敵！
啊？我這麼老了還要當兵？
大人沒有搞錯吧？
雖說老了點⋯還是要去！
師父？怎麼回事？
這小子是誰？
啊！
就是他！抓起來！！

鏘
鏘
鏘
鏘
可惡!原來不只是個瘋癲老道—
師父?
所有人上啊!

哇
鏘
哇
咻!!
哇啊!
師父!
師父快走!
!!

從這個隱密的洞逃出去！不會被發現的！
不！師父，我不離開你！
傻孩子，你不是凡人，你有重要的…
快！看見人沒有？
啪！
啪！
啪！
走！！！
蒜泥，只有你能拯救大唐，你是龍的…
不！師父…

一個蒙面小子，一隻狗、一匹好馬……
大多用拳腳和劍柄打，也沒取他們的小命，真是天真！
金光大人，道觀飛鴿傳書。
這小鬼能去的地方不多，
回信說我會再派人加強搜索道觀。
另外派兵在市集與各大路口加強警戒，
擁有好馬的小子和從道觀逃走的小子，
務必將人給我找到！
殺！
是，遵命。

好熱鬧呀！
逃到市集的蒜泥
!!
糟了！
那些士兵應該是在找我吧？
頭罩拿掉……走！
不是——滾！
下一個！快點！

嗯？
看！那傢伙！抓住他！
不好了！
這小子真會跑……
咦？
你要我躲進去嗎？
人咧？

他在那邊！別跑！
這是哪兒啊？看起來像是一個…馬戲團？
別動！你是誰？你怎麼進來的？
我是被一個小乞丐拉進來的，不是故意闖進來！
羅伯，放開他。
帕蒂，現在街上所有官兵都在抓他，你快點讓他出去！
小乞丐？你是說斯莫嗎？
斯莫？
你們可以讓我再躲一會兒嗎…

啪啪啪！
斯莫！你為什麼要帶這傢伙進來？
報恩，之前有個漂亮的女生救了我，
這些官兵想抓他，所以我才幫他。
善的循環？
你根本就是找麻煩，還是趕緊讓他走吧！
不，他必須留下！外面那些官兵還在找他呢。
留下他？難道我們內部都不先討論一下嗎…
不，不行，我堅決反對，我們現在不能再…
救人這件事情還需要討論嗎？我們不都是…
夠了！大家都閉嘴！
先生們，我們之所以能夠一起聚在異人馬戲團，
除了本身的特異功能之外，更多的都是因為緣分。

現在這孩子出現在這裡，你們看看他⋯
成為眾人目光焦點，不由得羞澀起來⋯
你們會覺得他長得像是一般人嗎？
也許這就是命運的安排吧？
我們每個人都有專長或特異功能，
這傢伙呢？除了長得怪點，他會什麼？
那你會什麼？
孩子，千萬不要以貌取人⋯⋯
喔喔⋯帕蒂有一隊士兵進來了⋯⋯
喔喔，可能是找這小傢伙吧？
褲子會走路!?
各位先生們，好久沒人進來了，我們是不是該上場了？
表演時間到了！
褲子會說話!?
褲子還會踢你！
就在異人馬戲團開始表演時，

官兵找上門來了！
聽好了，皇上聖旨，所有西域人包括你們……異人馬戲團
必須於今天立即離開長安城，否則全部去坐牢！
明白了嗎？
啊？今天？
對！馬上！打包快滾！
對不起…
不用對不起，看來西域的那些壞人又開始鬧事了。
對！你快走吧！
孩子，你的名字？
蒜泥，師父都這樣叫我的。

蒜泥，你身上有一種屬於東方的神祕，
一種不屬於普通人的氣味，你知道嗎？
這份力量，
或許需要機緣才能顯現！
機緣？
看吧，水晶球也聞到大蒜的臭味！你快走吧。
蒜泥，馬戲團今天要離開長安城，你願意跟我們回阿克勒嗎？
不！我反對！
我同意。
我中立，不要問我。
表決？
納辛？你呢？只差你一票！
喔喔…我是舉手的，你沒看見嗎？
透明人 納辛
不，我想跟著大家一起去阿克勒。
小鬼，你不會想跟我們走，對吧？
真的太好了！

唉……
雖然國家現在有難，但要這麼小的孩子上戰場就是不對啊，
若父皇知道肯定也會不開心，不會同意的……
你們說，我是不是太愛管閒事？
弄得畫像和地圖都搞丟了，
怎麼找人呀？
咦？前方怎麼會有濃煙？
那是道觀的方向？
不好了！快！
一定出事了！

這裡發生了什麼事？
唐眞人的道觀被毀了？
除了我，還有人在查這件事嗎？
院誌？
大雷雨的夜晚、一名倒在道觀門口的年輕孩子？
沒有見那個孩子哪裡去了的記載。

蒜泥？在大雷雨中出現？會是他嗎？
汪汪！汪汪！
…
有人來了？
你是誰？在這邊做什麼？
我…嗯…我是來找唐真人的！
找唐真人？看你鬼鬼祟祟的。
把他抓起來！

哇
噹!!
啊!!
啊!
唉喲!!
鏘
哇
啪啦!
被打得落花流水
你們為什麼這麼做？
上面交代，一定要抓到這個少年。
哪個少年？
就是他。

糟了！
真的有人在查雷雨之夜的降臨者！而且還是不懷好意！
我得先一步找到那個降臨者才行！
客官，按您的意思將東西全都在馬背上綁勞了！
有勞了夥計，這些賞你的！
阿汗乖，別生氣！就當幫個忙啦！
哼！我是寶馬捏！要我馱雜物？
甩甩甩甩甩
有嫌疑就應把馬戲團所有人都扣留下來，
而不是讓他們走了！
誰知道這紅髮小子是否混在裡面？
這些人會不會是敵方奸細？

大人，異人馬戲團都是西域人，而且都來自阿克勒，
我想應該不會是奸細。
裏頭也沒見紅髮小子。
奸細兩個字會寫在頭上嗎？
你們這些飯桶！
信鴿咧？
異人馬戲團 阿克勒
核對要找的人
…喂！戴斗笠的！
停下來！
那不是——
汗血寶馬——!?
平民!?
你們快把那傢伙攔住！
!!

快走！快！
唉呀！
抓住他！
討厭的木柴，滾！
甩
阿汗…你高興了沒？
別想逃!!
啪！
是個女的！
!!

圍起來！別讓她過！
唉呀！
噹！
咯！
啊！
少女？汗血寶馬？武功高強？
快！給我鴿子！
大人——已經沒有鴿子了…
你們這些笨蛋！
難道是——？

大人！
用飛鴿通知守軍，在玉門關前務必攔下異人馬戲團，
裡面有蠻族奸細！
是！遵命！
排好隊！
什麼？現在出城除了文牒，還檢查這麼嚴呀？
排好隊！一個一個來！
發生了什麼事呀？
是啊！

喔喔?衣服借一下喔,好冷喔!
衣服會說話?
天啊!我們成了通緝犯?
你可以小聲點嗎?
我早就說過,蒜泥只會帶來霉運!
好了好了!幸好我們提前一步出了城了,
奈夫!蒜泥已經是我們的一員,大家應該要彼此幫忙。
接下來我們怎麼辦呀?

汪汪汪！
赫！官兵追來了嗎？
汪汪汪！
誰？
噠
是馬戲團的異人們吧？
總算追到你們了！

公主！這是那天妳救我時掉了的東西。
斯莫說的漂亮女生竟然是公主啊！
原來是你撿走的，謝謝！
公主殿下，看來妳也和他們一樣都在找蒜泥，
為什麼呢？
嗯…蒜泥，你對這塊玉珮有印象嗎？
沒有，我沒見過這個東西。

公主，這個東西是？
這是一塊玉珮，屬於龍族的玉珮。
龍族的玉珮？
喔喔……
開玩笑嗎！
沒搞錯吧！
我一開始也不相信，但太史提供了很多他求證的證據，
包括龍的玉珮——他說唐真人……
我無意侮辱唐真人，但大家都知道他是一個瘋癲的老頭，而且…
蒜泥除了紅髮，加上頭上的小特角，有點異於常人之外，
他身上並無龍的特質與氣質……
蒜泥，你真記不起任何事情嗎？
我不記得任何事，
而且我不是龍，我只是個
叫做蒜泥的小屁孩
這句話正點！

公主，很抱歉，他應該不是你要找的那個人…
或是那條龍。
謝謝，我知道了，我也該回去了。
此行就是為了尋找龍族的人來解救蒼生，然而，蒜泥卻不是太史所說的龍族……
對了公主，我幫妳占卜一下！
水晶球啊，告訴我，你想說什麼？
這…是什麼意思？
我也不清楚，但是玉珮確實帶來了某種關於龍的訊息…

公主，妳願意和我們一起去阿克勒嗎？
路上說不定還真有龍的行蹤。
今晚大家好好休息，明天一早就出發！
肚子好餓！
於是，長篇公主與異人馬戲團便往阿克勒出發。
另一方面——
喀喀喀
大人…我懷疑那武功高強的神祕人物就是長樂公主。

長樂公主會武功，
我從未聽皇上說過——
我也懷疑，但那隻小狗，汗血寶馬，
全天下沒第二個女孩能同時擁有。
難道是皇帝派她來的？
若真是公主，那她想找的人肯定也是這紅髮少年，
他們離開了玉門關，下一個地方就會是…
啪啦!!
傳密信！
啪啦!!
另外，你回宮面奏皇上……

稟皇上，
長樂公主確定遭到異人馬戲團這幫西域人的挾持，
目前生死不明，
碰
有可能正被帶往阿克勒……

立即派軍隊追趕，朕決定御駕親征！
無論如何一定要救回長樂公主！
啪！
遵旨！
嘿嘿
峽谷

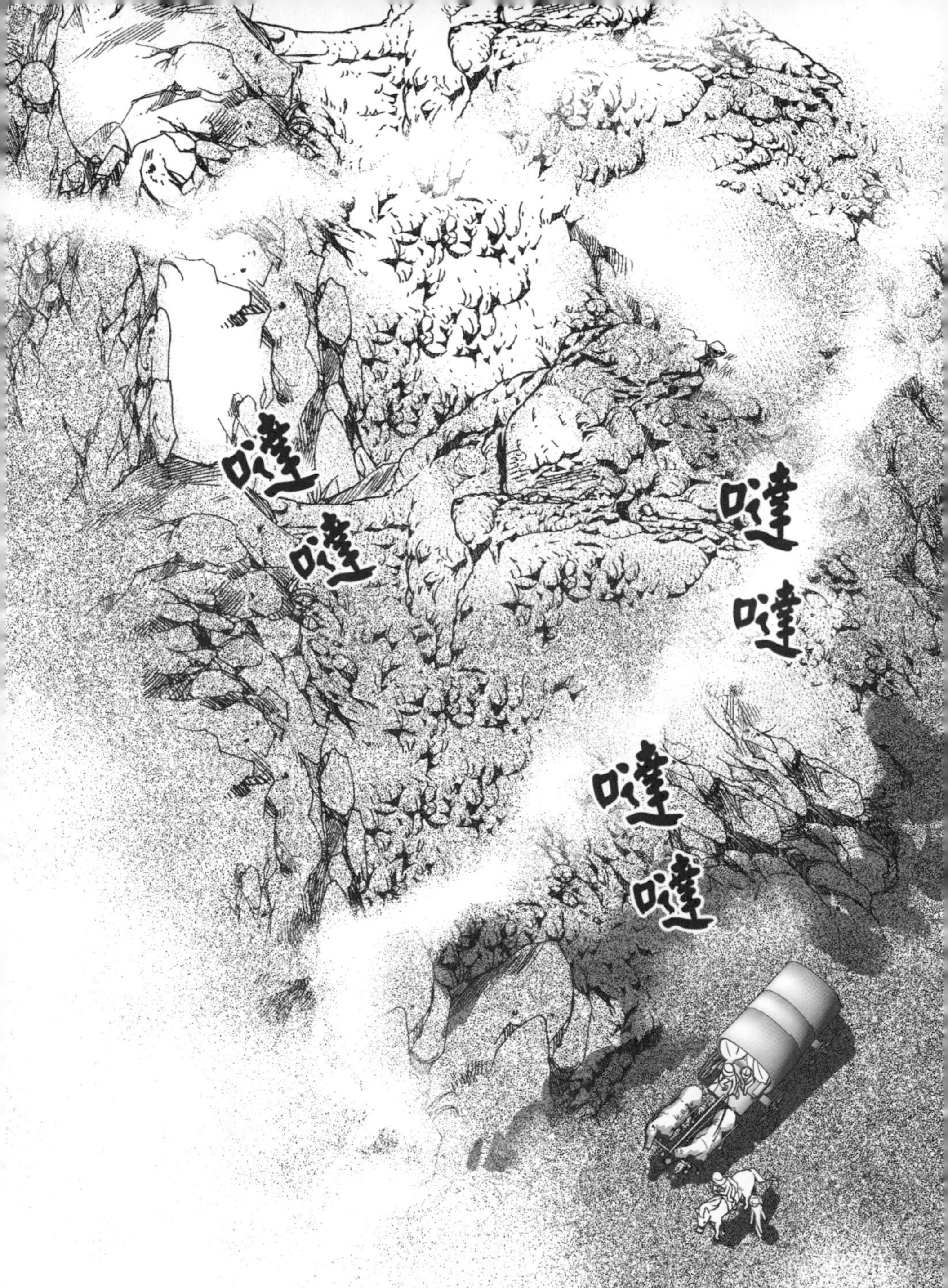
噠
噠
噠
噠
噠
噠

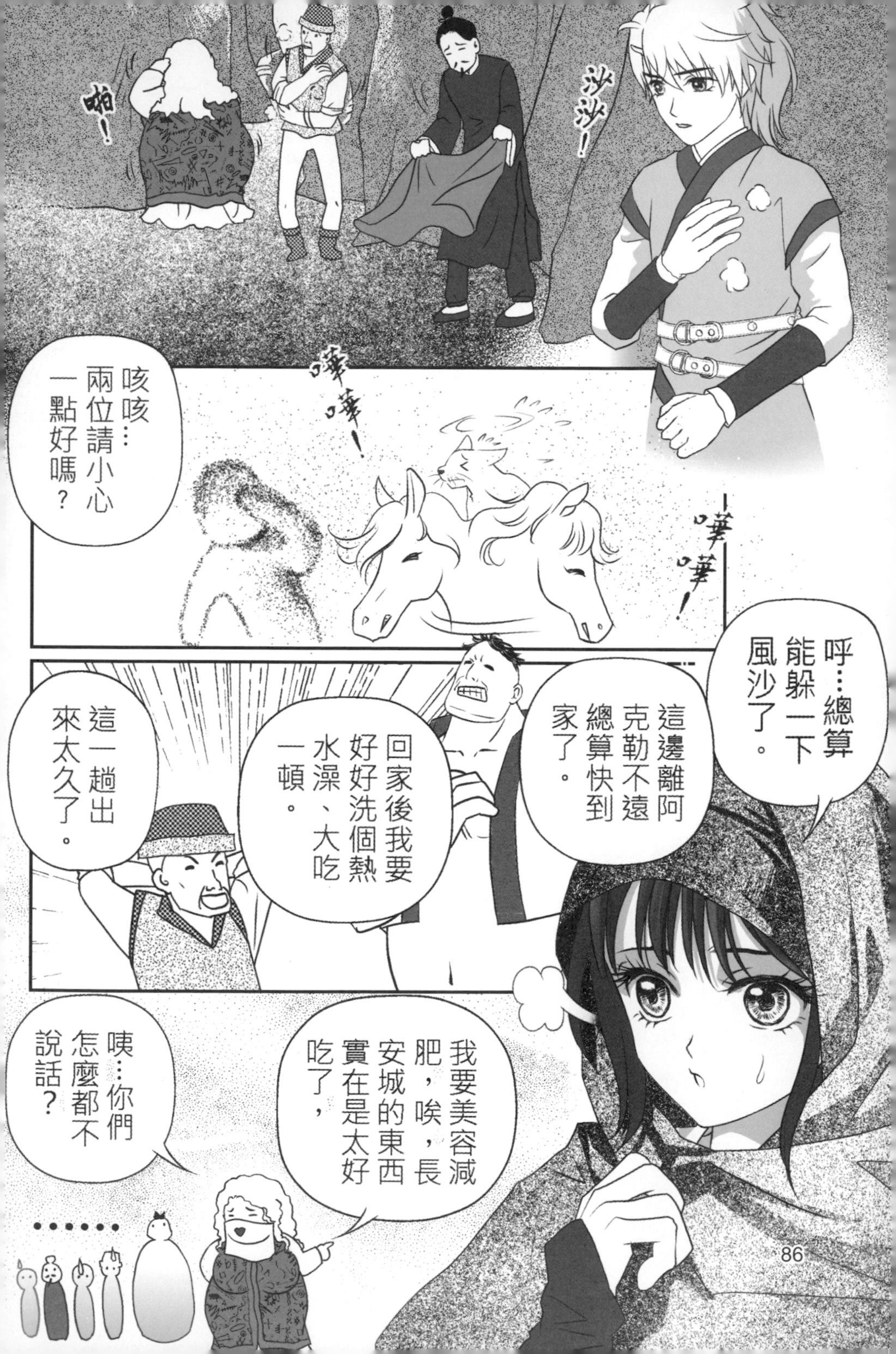
沙沙！
啪！
嘩嘩！
咳咳…兩位請小心一點好嗎？
嘩嘩！
呼…總算能躲一下風沙了。
這邊離阿克勒不遠總算快到家了。
回家後我要好好洗個熱水澡、大吃一頓。
這一趟出來太久了。
我要美容減肥，唉，長安城的東西實在是太好吃了，
咦…你們怎麼都不說話？
……

公主，妳在看什麼呢？
你知道嗎？
這種峭壁地形自古以來就是易守難攻，
若被甕中捉鱉，等於是自尋死路。
公主請放心，這是條祕道，很少人知道，
走這條路是最安全不過了…
嗚…
嗚…
!!
號角聲？
才怪…
嗚…
嗚…
嗚…
嗚…
蠻族來啦！

親愛的公主，妳好啊！
你是誰？
我的愛，我是史派德，
妳的……未婚夫啊！
他們這種組合比我們兩個在一起還可笑！
別笑死人了，未婚夫？
沒有愛情的婚姻，叫做買賣！

買賣？那麼我們就來做一個買賣吧。
看見我的兵馬了嗎？
公主，如果妳願意跟我走，
妳這些怪胎朋友就可以平安離開，
說不的話，那麼這裡－
就是你們的終點站了！

不！公主您絕對不能答應！
蒜泥…那你說我該怎麼辦呢？
親愛的長樂公主，我答應過妳父王，
如果妳嫁給我，我保證不會再攻打大唐，
兩國之間…永久和平！
靠女人維持和平？你真不要臉！
小鬼，你最好閉嘴！
要不然你會是那個唯一走不出這個峽谷的傢伙！

小巴、阿汗……你們要聽蒜泥的話，好嗎？
啡啡
公主妳要幹嘛？
看來我沒得選擇了，
你幫我照顧牠們，好嗎？
這才聰明！公主！
你讓他們都先離開！我再過去！
好！讓他們走！

公主—
等等！
要救公主必須出乎意料，趁其不備。
那邊有個缺口，缺口後有河！
蒜泥，跳上阿汗，等他們走到那邊就搶公主！
就是現在！走！
走！

公主!!
!!
跳上來！
快！
這小子搶我的新娘！
抓住他們！抓住公主！
別射箭，我要抓活的！抓住他們！

吼…
衝啊！
阿汗衝啊！
唰唰！
啊～
兩人的重量又加上這種陡坡…
對阿汗太吃力了…
公主！
我知道妳擔心被追上。

放心！
我師父在百納衣內留下保命錦囊。
我要羅伯在我接到妳後，
他能拋得很遠！
將錦囊拋擲到蠻軍中。
唰！
沙沙沙沙
那是——
臭蟲？
真是蠢蛋，我們都不愛洗澡，誰會怕臭蟲？
抓住他們！
這臭蟲不一般啊！
喂啊～～
好癢啊～～
唉呦～～

咻~
吼~~
抓住他們！
上啊！
好癢啊！
癢也要追呀！
他們追來了！
是河！
我們快跳！
跳！

噗嗵！
逃掉了！
那些怪胎也都跑了！
可惡！
通知下去，準備進攻阿克勒！
是！
呵呵…至少我們逃出來了，不是嗎？
汪汪汪！
怎麼了？小巴？
看！是阿克勒城！

總算進了阿克勒城，終於可以喘口氣了，但是……
敵人已圍在城外，只怕明日……
我太天眞了！以爲可以找到那條呼喚自己的神龍；
以爲自己可以展現勇氣、完成夢想，
但是……這一切都破滅了！
現在有誰能夠幫助我呢？
公主，還沒休息？
蒜泥，有事嗎？

妳聽過阿克勒城的傳說嗎？
傳說？
傳說中阿克勒城有著一座神祕的龍王殿，
但是從來沒有人找到過…
其實這就像真實的龍，從來沒人看見過，
所以這些故事就變成了傳說……
公主！
很抱歉我讓妳失望了！
我只是一個平凡的、失去記憶的…小屁孩？
我並不是妳要尋找的那個龍子。
我也沒有能力解救唐朝…或解救妳……

吶！
蒜泥，不管如何，
我相信你就是真的龍子，只是還沒發揮潛能；
現在⋯這個龍的玉佩，
是該物歸原主的時候了。

我也希望自己就是妳要找的龍，
那就可以幫助公主對抗這些壞蛋……
公主！無論如何，我願意與妳站在一起，
共同對抗強敵、保護皇帝保護家園！
我說的都是真的！

蒜泥，謝謝你。
這世界真的有龍嗎？
龍是一種傳說？還是一種希望？
當我陷入困境、當我感到絕望時，
我希望有一個人來幫助我，
那個人，會是你嗎？

我會是那一條龍嗎？
還是我只是一個普通的人？
不論我是誰，
需要的時候，
我會出現在妳身邊，
我會是妳想要的那個人！
對了！公主，妳看過這個嗎？
竹筒？
這可不是一般的竹筒！妳看好了！

天啊！好漂亮！這是什麼？
這是唐真人發明的魔法！
砰
砰
砰
蒜泥，這是怎麼做的？
我是用這些原料塞進了竹筒，
然後用塊布作為引信……
怎麼了？
這黑色粉末好像是城裡人常用來引火的一種石頭……
是嗎？

這幾種東西混和後能變那樣？
就看加什麼，我是學唐真人的作法。
我看我還是離遠一點吧！
這東西會傷人嗎！
這東西其聲如雷其光如電，其熱如火，
真的挺嚇人的！
風火雷電！
蠻族的噴火怪物，唯有風火雷電得以誅之！
我想起來了！出宮之前，好像聽誰提起……
風火雷電！
就是這個！
我找到方法治那頭惡龍了！

請問你家有那種黑色的火石嗎？
馬戲團的人、公主、蒜泥到處搜集原料！
搜集了很多呢！
公主，接下來呢？
西域不產竹，但有很多的牛羊皮，
我們把這火藥分裝進牛羊皮袋裡，
用石頭鐵丸塞滿，插進浸油的引信，
這樣就完成了！
這要幹嘛？
這個可以用來……
嗚～
什麼聲音？
嗚嗚～～
嗚～
這是緊急號角，有大事發生了！

不好了！蠻族軍隊伏擊了唐朝皇帝！
啊！
父皇？
國王殿下，我們應該立刻出兵玉門關，
以阿克勒軍隊與我父皇的御林軍進行包抄、內外夾擊，
乘機消滅史派德和叛軍！
公主…妳有看看外面了嗎？
什麼？
嘩嘩！
吼…
這…天啊！
已經兵臨城下

妳說我是該出兵？還是死守？
國王，那您能不能給我一百個人？
讓我去救我的父親？
……公主，我們的兵力實在有限，真的很抱歉。
好！我知道了，謝謝國王。
我自己去！
小巴，我無法分心照顧你，等我回來好嗎？
嗚嗚～
我一定會回來的！

帕蒂？
你們？
公主！一路上妳救了我們好幾次，
所以現在該是我們回報的時候。
不！你們這樣…
公主，請讓我們幫助妳吧！
謝謝、謝謝大家！

稟皇上，我軍左右兩翼受到包夾，中軍也快不行了，
卑職懇請皇上退兵入關，整休之後再出關決戰！
唉！
左右翼掩護中軍，吹撤軍號！
退回玉門關！

玉門關

報告聖上，玉門關……
玉門關被卜吉大人給封住了！
啊!?
你說什麼？
今天就是皇帝的葬身之日。
應該說，今天是大人登基之日。
哈哈哈……
俘虜們

哼哼…這下大唐皇帝死期將至，
傳令下去，全力進攻！
是！
嗟
嗟
嗟
嗟
大人！您看，那是什麼？
嘩
嘩
嘩
嘩

飛蛾撲火、不自量力！
通知下去，先退開一條路讓他們進去皇帝身邊，
把阿克勒城的兵力調回，將他們團團圍住，一次殲滅！
颯颯
颯
打旗語
是！
嗚嗚～
嗚～
父皇！

長樂！妳沒事吧？
我沒事！父皇您為何親身涉險？
卜吉這逆臣說妳已經被救回來，正在回玉門關的路上，
朕過於輕率、輕信於他，
對了！
這幾位是？
這些人都是我的好朋友！
嗚～嗚嗚～
咚咚咚
皇上、公主，情況緊急，我們現在應該往外走了吧？
遠方又有蠻族的援軍加入！
看！剛剛的缺口都被圍起來了！

能看見妳安好，朕也值得了！
我們一起殺出去！
好！
殺出去！
蒜泥！你準備好了嗎？
嘩嘩嘩
鏘
嘩嘩嘩
鏘
鏘
好了！大家小心！
羅伯！轟天雷交給你了！
拋
好！

轟！
天哪！
轟！
那是什麼？
天雷？
大家快朝缺口衝出去！
阿克勒城已無人包圍，
指揮眾兵暫退！
嘩嘩嘩
這些傢伙！你們死定了！

於是史派德回到了法殿準備作法。
法殿內全是他要惡龍搜刮來的金銀財寶。

法殿
薩利曼，
薩利曼，
薩利曼，
該出動了⋯⋯

薩利曼—
是一條貪得無厭的火龍，
以搜刮財寶、殺害生命為樂，
要消滅他唯一的方式，
只有進入史派德的法殿、
打碎史派德用以控制薩利
曼的法杖，
才能徹底消滅牠。
但是這個任務…
實在是辦不到啊！
……
現在蠻族已經圍住了阿克勒，
即便是阿克勒城居高臨下，
但若是史派德派出薩利曼…

情況也是不妙的！
多說無益，重要的是怎麼聯手退敵？
阿克勒國王呢？
不好了！
我……我們國王剛才跟幾個親信偷偷的跑去向史派德投降了！
什麼？
嗚
嗚
嗚
蠻兵來了！

姓李的！你們快開門投降吧！
我可以饒你們不死！
卜吉！你這不要臉的渾蛋！
好，那你們就別怪我了！金光。
抓到大唐皇帝者封大將軍、良田千頃黃金十萬兩！大家衝啊！
衝啊！
衝啊！
衝啊！
衝啊！

報！攻城士兵就快要登城了！
蒜泥！
放轟天雷！
對了！
將轟天雷綁在石頭上，用投石器！
這樣就能將火藥拋入敵營！
引信要長一點！
好主意！

轟

他們有強大火器！
轟！
轟！
快逃啊！
轟！
蒜泥與公主帶著唐軍使用轟天雷擊退了蠻兵。
這…這是什麼東西啊？
他們怎麼會有那麼強大的火力？
史派德大人？
哼！
我已經作法呼喚薩利曼！

隆隆隆!!
薩利曼!惡龍薩利曼被喚醒了!
通知所有人入內躲避!
弓箭手集結!
那隻惡龍?天啊!
這傢伙真大啊…

這頭惡龍根本不怕弓箭啊！
轟！
快用投石器！
轟！
轟！
不行！牠飛得太快了！
投石器打不到啊！

轟
轟
哇啊！
啊！
轟
轟
哇啊啊！
嘩！這…這也太強了吧？
拍！
哈哈哈！薩利曼，
把唐朝皇帝給我抓過來！

哇
哇
哇
刷！
刷！
渾蛋！我跟你拚了！
父皇！小心！
公主！

父皇快讓開！
剎！
剎！
戰事一團混亂當中，惡龍口中吐出的火焰，
長樂！
偏巧噴上了放置於角落的炸藥包！

哇
咻咻咻
蒜泥！不！

呃!?
不！地上炸出大洞，
這裡是——
我掉到洞裡了？

小小的宮殿？
地底下怎麼會有建築物？
原來……
這地洞似乎埋著一座很古老、破舊的建築……
看起來好像是……廟？

!!
裡面竟然有
龍王神像！

電光石火之間，
玉佩呼應了這道光！
我想起來了、想起來了！原來──
我是龍王的第八個孩子──
「狻猊」！

大唐皇帝在春祭時向上天祈禱風調雨順、國泰民安，
玉皇大帝也同意唐朝皇帝的請求，
特別賜下「雨玉珮」給龍王及六子擇吉就要降下甘霖。

然而，某日狻猊調皮，
偷偷的從供壇上取下了「雨玉珮」，
他站在雲端上學著哥哥施行法術，
沒想到法術引動了狂風與巨大暴雨迎面而至！

龍王還來不及出手拯救，
狻猊被這陣狂風暴雨給打落到雲下。

原來，我真的是龍！
對了！我要去救出長樂公主！

你已經抓了公主，
是否該讓一切結束了？
我正等著皇帝死去，坐享一切呢！
真性急！
咻
不好了！
惡龍又飛過來了！
咻

看啊！是——
是那頭燒死李大將軍的惡龍！

轟!
隆隆隆!!
眾將士不要慌!
穩住啊!
糟了!大家都受驚了!
軍心渙散啊!

轟隆！！
此時，自炸開的大洞裡射出一道光！
看啊！那是龍啊！
是神龍啊！

那白色的龍在保護我們嗎？
好像是──
那是蒜泥！他真的是龍！
真的是龍啊！
然而……惡龍薩利曼雖然有點畏懼神龍的水攻，
但牠受到了巫術法力的保護，
受傷很快就能恢復！

隆隆隆!!
剛回復成爲神龍的蒜泥，
明顯的不是薩利曼的對手！
隆隆隆!!
神龍？
那是哪裡來的？
這神龍也是你養的嗎？
不是……
哼！不管是哪來的，這條鱔魚也死定了！
只怕沒那麼容易，史派德，牠是東方的龍，是神聖的龍！

我呸！什麼神聖的龍？我的龍比較強！
嘎
嘎
隆隆隆!!

轟隆！
轟隆！
綁得真緊！
吼！
……
!!
啪！
小巴！你好厲害！你好棒喔！
吼！
吼！！

戰況險惡！我要趕緊回去幫他們！
至少不能被當成人質！
有人看守！
阿汗！

讓開！
砰
砰
不好了！公主逃走了！
哇
哇
咦？那邊發生了什麼事？
天空的顏色突然變了，
又是火燄又是閃電的？

對了！帕蒂說過——
!!
消滅惡龍唯一的方式只有進入史派德的法殿、打碎史派德用以控制薩利曼的法器才能徹底滅了牠。
那些飯桶讓公主跑了！
這死丫頭！薩利曼！去攔住她！把她抓回來！
阿汗，我知道在沙地跑起來很費力，再撐一下！

法殿
不能讓公主靠近法器！
薩利曼！把她抓回來！
噠噠噠噠
轟！
轟！
轟！
轟！

嗡嗡嗡嗡
轟！
茲茲茲茲
轟！

!!
那是——!?
啪嗞!!

轟隆!!
哇啊
咻咻咻

哎呀
!!

公主危險！
哇啊

那條救了我的神龍，就是蒜泥嗎？
好帥的龍啊！
蒜泥果然是龍呀！
可是……
怎麼辦？他的情況好像不太好！
走！到法殿去毀了法器，如此才能消滅惡龍薩利曼！
此時援軍也到了，

皇后和奶媽率領援雷加入戰局。
異人持續運用會爆炸的火器攻擊，
蠻族聯軍紛紛丟下武器，四下潰逃。
加上皇帝指揮作戰，戰況逐漸轉變，
天空有著神龍和惡龍纏鬥著——

法殿
阿汗！加油！快！
法器在那裡！
滿地都是惡龍搶來的金銀財寶吧？

法器透著邪惡的光芒，
就像惡龍的眼睛！
只要毀了它，
薩利曼的復原能力就會消失！
鏘

吼!!
吼!
吼!!
嘎啪啦!!

啊……
我……
我輸了嗎？
可是……
我必須快起來！
公主、
大家都需要我……
快！快起來！
但……
我全身都好痛……
惡龍薩利曼太強了！
怎麼辦？

我一定要快點起來……
可是……
我該如何做才能打敗薩利曼呢？
那是異人們收集來的火藥材料！
我知道該怎麼做了！

一鼓作氣，
薩利曼會噴火，這些火藥可以讓牠粉身碎骨！
這一次一定要打敗薩利曼！
龍──蒜泥帶走那些火藥了！
你們看！
什麼？他想幹什麼？

嘎
嘎
咻—！
哇
哇
啊！

再見了……公主！
還有我的好朋友們……
很高興認識你們！
我真的——很喜歡你們！
多想要永遠與你們在一起……

不哦！不！
蒜泥！快丟掉火藥啊！
會爆炸的！
薩利曼！不！不！薩利曼！
我心愛的龍！
快逃吧！
蒜泥！

轟隆
轟隆

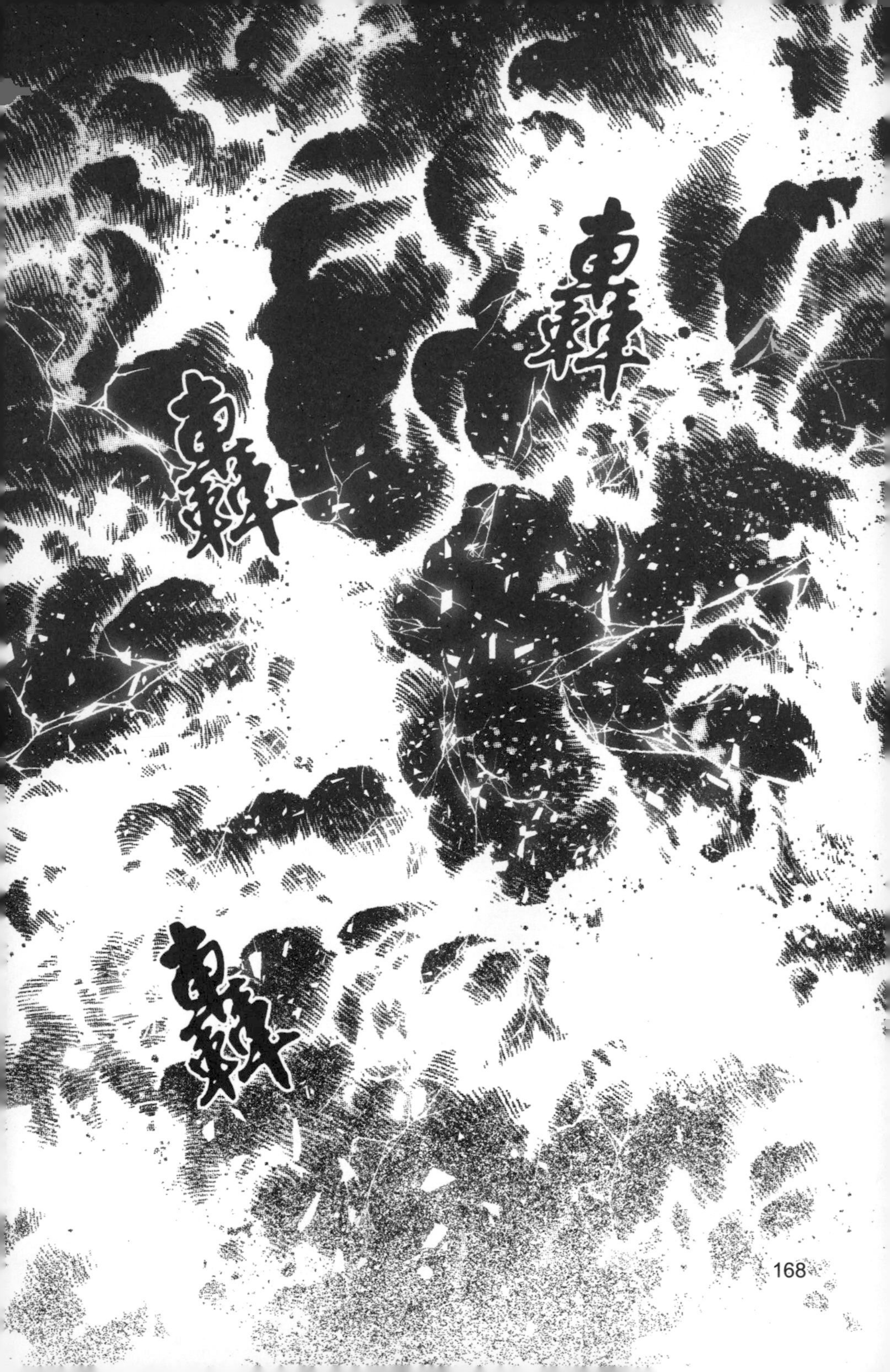
轟
轟
轟

混亂戰場上，所有打成一團的士兵都停了下來，
因為誰都沒有見識過這麼劇烈的動靜。
在巨大爆炸聲、驚叫聲與飛砂走石之後，
眼前一片狼藉，四處一片烈焰，

蒜泥、薩利曼、卜吉、史派德、蠻族軍隊都已經消失無蹤。
蒜泥……

接著，唐皇帝帶領全軍，班師回朝。
皇帝賞封了平亂有功之人，包括異人馬戲團。
全城歡慶半個月之久——
171

長安城又回到了一片歌舞昇平的時光，
但是回到皇宮之後的長樂公主……

快樂好像已經遠離了她。
士兵在戰場上找到了蒜泥的玉佩，
呈給了父皇，父皇又給了我……
但——
蒜泥卻不見了！
蒜泥！你眞的消失了嗎？
還是回天上去了？

曾經的夢想已經實現，
但是，
我的身邊沒有你，
我多麼想要再回到當初，
如果能夠重來一次，
我會更勇敢，
勇敢的對你說出我想說的話。
我會……

啪!
公主!

蒜泥？
大戰後你到哪裡去了？
我們都擔心死了！
跳
你又怎麼會在這裡？
大戰後——說來話長…
我被天帝赦免了——
剛剛我覲見了皇上和皇后，
他們讓我過來的——

砰
砰
砰
砰
啊！蒜泥你看！
是先前你讓我看的火花！
好漂亮！

砰
砰
砰
砰
砰
砰
砰
唐朝從煉丹術中發現火藥，爾後不斷改良，並成為中國四大發明之一。

——尋龍・完——

尋龍傳說 Princes & Dragon

小說原著／潘志遠
漫畫著作／游素蘭、喬英
美術編輯／申朗創意
企畫選書人／賈俊國

總　編　輯／賈俊國
副總編輯／蘇士尹
編　　　輯／高懿萩
行銷企畫／張莉滎・蕭羽猜

發　行　人／何飛鵬
法律顧問／元禾法律事務所王子文律師
出　　　版／布克文化出版事業部
台北市中山區民生東路二段 141 號 8 樓
電話：(02)2500-7008　傳真：(02)2502-7676
Email：sbooker.service@cite.com.tw
發　　　行／英屬蓋曼群島商家庭傳媒股份有限公司城邦分公司
台北市中山區民生東路二段 141 號 2 樓
書虫客服服務專線：(02)2500-7718；2500-7719
24 小時傳真專線：(02)2500-1990；2500-1991
劃撥帳號：19863813；戶名：書虫股份有限公司
讀者服務信箱：service@readingclub.com.tw
香港發行所／城邦（香港）出版集團有限公司
香港灣仔駱克道 193 號東超商業中心 1 樓
電話：+852-2508-6231　　傳真：+852-2578-9337
Email：hkcite@biznetvigator.com
馬新發行所／城邦（馬新）出版集團 Cité (M) Sdn. Bhd.
41, Jalan Radin Anum, Bandar Baru Sri Petaling,
57000 Kuala Lumpur, Malaysia
電話：+603- 9057-8822　　傳真：+603- 9057-6622
Email：cite@cite.com.my
印　　　刷／卡樂彩色製版印刷有限公司
贊助單位／文化部 MINISTRY OF CULTURE
初　　　版／ 2020 年 10 月
定　　　價／ 300 元
I S B N ／ 978-986-5405-99-1

城邦讀書花園 www.cite.com.tw　布克文化 WWW.SBOOKER.COM.TW